Texts and Translations
Modern Language Association of America

Chair: Carmen Chaves Tesser
Series editors: Eugene C. Eoyang, Michael R. Katz, Robert J. Rodini,
Judith L. Ryan, Mario J. Valdés, and Renée Waldinger

Texts

Translations

ISABELLE DE CHARRIERE

Lettres de Mistriss Henley
publiées par son amie

Edited by
Joan Hinde Stewart and
Philip Stewart

The Modern Language Association of America
New York   1993

Library of Congress Cataloging-in-Publication Data

Charrière, Isabelle de, 1740–1805.
    Lettres de Mistriss Henley publiées par son amie / Isabelle de
  Charrière ; edited by Joan Hinde Stewart and Philip Stewart.
      p.   cm. — (Texts and translations. Texts ; 1)
    Text in French; introduction in English.
    Originally published: 1784.
    Includes bibliographical references.
    ISBN 0-87352-775-5 (paper)
    1. England—Social life and customs—18th century—Fiction.
2. Married women—England—Fiction. 3. Marriage—England—
Fiction. I. Stewart, Joan Hinde. II. Stewart, Philip. III. Title.
IV. Series.
PQ1963.C55L48   1993
843'.5—dc20   93-26864

Published by The Modern Language Association of America
10 Astor Place, New York, New York 10003-6981

TABLE OF CONTENTS

ACKNOWLEDGMENTS

The authoritative edition of *Lettres de Mistriss Henley publiées par son amie*, edited by Dennis M. Wood, with an introduction by Christabel Braunrot and notes by Christabel Braunrot and Maurice Gilot, is in volume 8 of the van Oorschot edition of the *Œuvres complètes* (see bibliography). The kind permission of the publishers to use that text in establishing the present edition is gratefully acknowledged. We are also grateful to the College of Humanities and Social Sciences at North Carolina State University for a research award that supported the preparation of this edition; to Janet Altman, James Rolleston, and English Showalter for comments; and to Susan Marston for editorial suggestions.

INTRODUCTION

In *Lettres de Mistriss Henley*, an explicitly literary provocation is fused with distinctly autobiographical elements to produce a text—"occasional" in the fullest sense—that we are only now learning to read on its own terms. Its original publication was greeted with enthusiasm and controversy, and then for years it was more or less ignored. Recently scholars have begun to acknowledge it as probably the most brilliant short novel of one of the most original writers of the French eighteenth century—a woman who wasn't even French.

It is, in the first place, as its opening lines make clear, a feminist response to another novel—indeed another remarkable Swiss novel: *Le mari sentimental*, which appeared anonymously in fall 1783 but was soon known to be the work of Samuel de Constant. His hero is a country gentleman and retired military man of forty-six, M. de Bompré, who writes a series of seventeen letters to M. de Saint-Thomin, a friend whose wedding Bompré has just attended. Saint-Thomin's marital happiness makes Bompré, who has just lost his father, feel dissatisfied with his bachelor life among the peasants and hunters, his old servants, and his faithful dog and horse, and he begins to think seriously about getting married himself. In Geneva he meets an eligible woman of thirty-five, sister-in-law of a retired officer with whom he once served. She strikes Bompré as charming and witty, if a trifle pretentious and intolerant, and within four days he agrees to wed her. "Le bonheur m'attendait à quarante-six ans, je ne le croyais pas," he writes in a lyrical announcement of his engagement (71, 1975 edition).

But when Bompré returns with his new wife to the country, a series of events, at first apparently trivial and then more and more desolating, reveals that she has no heart. She practices emotional blackmail on her husband and sets about assiduously trying to turn his rustic home into an elegant residence, removing the portrait of his father from the dining room; adding expensive wallpapers, alcoves, and wood paneling; and entertaining her fancy and insolent friends. In her spare time, she closes herself in and reads novels. Bompré wants to be adaptable, conceding "autres temps, autres mœurs" (89), and trying to foster the kind of bond he admired in his friend's *ménage*. But with self-assured egotism, his wife rejects each of his attempts at communication. "Mon cher ami," he confides to his correspondent, "je ne comprends rien au mariage; à tout moment, je me trouve dans l'erreur, et aucune de mes idées ne se réalise" (93). When, with a cruel kind of coldness and indifference to him, she has his dog, Hector, shot, maneuvers his loyal servants into leaving, requires that the sturdy horse who once saved his life be replaced with a pair of carriage horses, and even accuses him of seducing a young peasant, Bompré decides to kill himself. He sends his friend a suicide letter to express "l'horreur, l'indignation, le désespoir"

(182) that overwhelm him. In a terse afterword, we learn that the widow remarries and that her new husband makes her happy.

Isabelle de Charrière found the city of Geneva absorbed with *Le mari sentimental* when she traveled there, in early 1784, to arrange for the printing of her *Lettres neuchâteloises*. In a day when novels were still often taken "for real," the public was so inclined to credit the "truth" of this misogynist story that at least one poor woman, a widow named Mme Caillat, whose husband had committed suicide after a year of marriage, felt compelled to attest in a notarized document that she had treated him with affection and was therefore not the novel's model. Constant corroborated her testimony, but no one—as Charrière added, in recounting the event years later—believed him (letter to Baron Taets van Amerongen, Jan. 1804 [*Œuvres complètes* 6: 559]; see also Godet, *Madame de Charrière* 263).

A somewhat sententious M. de Bompré, while still a bachelor, writes:

> J'ai souvent entendu disputer sur la meilleure pièce du ménage; les uns veulent que ce soit la beauté, les autres la fortune, ou l'esprit, ou la douceur du caractère: j'ai toujours pensé que ce devait être la raison; elle réduit tout au vrai, elle fait la jouissance du moment, et se trouve dans tout et partout. Avec la raison, le bien augmente et le mal diminue. (73)

Charrière was moved by this encomium to uncover a darker side of reason. *Lettres de Mistriss Henley*, her competing version of the unhappy marriage of a country gentleman, appeared anonymously just a few months later. Her novel is rigorously parallel to Constant's in its epistolary form (the most popular fictional form of the time) and in theme. Analogous elements include the boredom of country life, the dog, and the portrait, as well as the act of reading a novel—*Le mari sentimental* itself—with which Charrière's story begins. But each such element carries a subtly but crucially different meaning, a new naturalness and poignancy, and the letters of Charrière's heroine, without verbiage or sententiousness, are patterned and nuanced to convey an entirely different sense from that of Constant's novel. Mistress Henley's account of a woman who cannot make a place for herself in the life of a middle-aged man whose habits, alliances, and surroundings are comfortably established—a woman who, despite her best efforts, is always, inevitably, wrong—becomes cautionary: "beaucoup de femmes sont dans le même cas que moi."

If, moreover, the wife in Constant's tale is in no way admirable, the husband in Charrière's is, if not "perfect," at least a model of consistency and probity, and Charrière's originality has to do with creating a story of desperate unhappiness in which there are no villains and all the causes are internal. Here is a woman who is free to choose her own companion and who selects a decent, affectionate, and estimable man, a good husband, father, and master, only to discover that she cannot bear sharing his life. The novel has an exceptional density, both because of Charrière's plain but powerful and often ironic formulations—the turns she gives to familiar words and expressions—and because decisions like whether or not to nurse the baby become so highly charged. There are, moreover, numerous internal contrasts and parallels: for example, the fact that Lord B. stands for election and Mr. Henley declines to do so; the comparable unsuitability of Mistress Henley and her maid, Fanny, for country life; the problems of dress and ornamentation for Mistress Henley and her stepdaughter; the allusions to the Indies (where the "nabob," Lord Bridgewater, made his fortune and the peasant father in the same hope wants to send his son); the recurring tension between old and new (furniture, generations, wives).

The unhappiness, even despair, generated by all the novel's "rational" choices seems to have been unusually threatening to some early readers. For although Mistress Henley comments only on her own immediate condition, her words indict a whole social and economic system, one that makes it difficult for an unmarried woman to subsist and all but impossible for a sensitive woman to endure married life. A contemporary, Pastor Chaillet, adopting Mistress Henley's own words in her first letter, called the novel an "aimable cruel petit livre, excellent en littérature, mais selon moi dangereux en morale à divers égards" (Charrière, *Œuvres complètes* 2: 420). But the success of so morally dubious a story was, by Charrière's account, impressive. *Lettres de Mistriss Henley*, she wrote twenty years later, caused a "schism" in the society of Geneva:

> Tous les maris étaient pour Monsieur Henley; beaucoup de femmes pour Madame; et les jeunes filles n'osaient dire ce qu'elles en pensaient. Jamais personnages fictifs n'eurent autant l'air d'être existants, et l'on me demandait des explications, comme si je les eusse connus ailleurs que sur mon papier. J'ai entendu des gens très

polis se dire des injures à leur sujet. J'en fus quelquefois embarrassée.

(letter to Baron Taets van Amerongen,
Jan. 1804 [*Œuvres complètes* 6: 559])

Charrière's embarrassment must have had more than a little to do with the fact that she and her husband were considered the originals of her protagonists (see editor's preface to *Lettres de Mistriss Henley, Œuvres complètes* 8: 96). In her mid-forties at the time of publication, Charrière was a resident of Le Pontet, her husband's property near the Swiss village of Colombier, near Neuchâtel; but she was known throughout Europe as a formidable intellectual. Until her marriage, she had been called Belle de Zuylen, for she was born to one of the first families of Holland and christened Isabella Agneta Elisabeth van Tuyll van Serooskerken van Zuylen. Her birth consigned her to a society that was rigid, class-conscious, and occasionally suffocating but that instilled in her a deep loyalty to family and gave her the means to read widely in the French classics and learn the impeccable French in which she wrote almost exclusively. (No less an authority than Sainte-Beuve would describe her writing as "du meilleur français, du français de Versailles" [444].)

But she began early to dream of escape, and through literature—fiction, essays, plays, letters—she did indeed forge an identity, both in the eyes of her contemporaries and for posterity, that was different from that of a provincial Dutch aristocrat. Her major novels would not appear until the 1780s and 1790s. Along with *Lettres de Mistriss Henley publiées par son amie* (1784), they include *Lettres neuchâteloises* (1784), *Lettres écrites de Lausanne* (1785), *Caliste ou continuation des* Lettres écrites de Lausanne (1787), *Trois femmes* (1796), *Honorine d'Userche* (1798), and *Sainte-Anne* (1799). But in her early twenties she had already published her first short novel, *Le noble* (1763), a whimsical and iconoclastic tale about the silliness of the pretensions of nobility. It scandalized friends and relatives and did not make it easier for her to find in marriage an escape from the constraints of life in her parents' home.

Indeed, when we read the story of the problematic marriageability of the protagonist whom we know only as "S. Henley"—she needs to marry for social and economic security, but, discerning and disabused, she turns down offers and thus becomes the uneasy object of "une attention curieuse et critique"—we are reminded that Belle de Zuylen's own highly visible drama was the finding of a husband. Suitors trooped past, both domestic and foreign (the most famous was James Boswell), but they were too common, too Catholic, too profligate, or, finally, too awed by her. In her correspondence, which fills six dense volumes of her complete works, the most gripping of the letters from this period are those detailing her negotiations with a motley crew of *"épouseurs"* and the father whom she tried to manipulate.

When she was twenty years old, her path crossed that of another member of the talented and idiosyncratic Constant clan centered in Geneva and Lausanne. At a ball in The Hague she met Baron Louis David Constant d'Hermenches (oldest brother of Samuel), a Swiss officer in the Dutch service. Eighteen years older than she, he was a husband, a father, and a rake; but instead of an affair they began a correspondence, secret at first, that lasted for many years. It reveals her as sensual, frank, lucid, and logical, an independent thinker and a true citizen of the European Enlightenment. (Her letters to d'Hermenches are matched in interest only by those she passionately wrote years later to his eccentric nephew, Benjamin Constant, whom she met in Paris in 1787.) With d'Hermenches she discussed her marriage prospects in particular, and he, despite his love for her, proposed a union with another officer, his friend the Marquis de Bellegarde; but Bellegarde's Catholicism and his debts, among other things, got in the way, and like her other prospects, this one fell through.

She finally succeeded only at the age of thirty, when she persuaded her father to allow her to accept an offer from her brothers' former tutor, an orderly Swiss gentleman, Charles-Emmanuel de Charrière de Penthaz. The wedding left him sick from punch and her with a raging toothache. After a honeymoon trip to Paris, they settled in a quiet Swiss village with the groom's father and two unmarried sisters, one of whom gardened while the other ran the household with an iron hand. There Isabelle de Charrière was to live for thirty-five years, until her death in 1805. She would have liked to have children.

But if something like the accidental confluence of the publication of *Le mari sentimental* and Isabelle de Charrière's own marital situation as wife to a good and stolid man inspired the writing of this novel, it must also be stressed that these events are transmuted into a sort of allegory of the contemporary novelistic vision. In scope and significance, Charrière's work has been compared with the epistolary novels of two of the best and most popular writers of the second half of the eighteenth century, Marie Jeanne Riccoboni and Jean-Jacques Rousseau: with Riccoboni's fiction for its meditation on women's fate and with Rousseau's *Julie ou la nouvelle Héloïse* (1761) for its portrayal of married life. One needs to remember that plots of novels had long been characterized by the antics of passionate lovers and by all manner of adventure and coincidence: shipwrecks, disguises, illicit or secret marriages, disputed legacies, lost or stolen letters, seductions and assaults. Charrière, like Constant, Rousseau, and Riccoboni at her best, tends to eschew such commonplaces. Moreover, in the way in which she anatomizes the apparently trivial, the intensely domestic, the unsayable and almost the unthinkable, she goes beyond her precursors, making *Lettres de Mistriss Henley* not only one of the most moving but also one of the most modern works of its day. Whereas Bompré, in his seventeen long letters, is inclined to digress at length on politics and agricultural economy, Mistress Henley, who resorts neither to rhetorical flourishes nor to flights into abstraction, never diverges from her immediate concern, which is the amorphous pain and frustration of a feeling woman in the house of an all too reasonable man.

And if *Le mari sentimental* is also devoid of forced marriages and lost wills, nevertheless the putative adultery, the grandiloquence of the suicide letter, and especially the suicide itself all link it to a certain tradition of romantic adventures, where infidelity was a standard component and acceptable conclusions to novels were largely limited to marriage or death. In Charrière's novel, by contrast, there is no question of infidelity and there is no concluding suicide. Here and elsewhere in a body of writing where very little seems to "happen" in recognizable fictional terms, we have a disconcertingly open ending: the last line leaves unresolved the question of the heroine's happiness, indeed the very question of her survival, posing only the alternative death or some more "reasonable" resolution. The beginning anticipates the end, insofar as the epigraph is uncertainly suspended like the story itself. And the epigraph is, needless to say, an oblique commentary on that uncertain situation: a line from a fable by La Fontaine that turns up years earlier in Charrière's correspondence. In 1768, discouraged in her lengthy negotiations with Bellegarde, she wrote to d'Hermenches: "'J'ai vu beaucoup d'Hymens, mais pas un ne me tente,' dit La Fontaine et je le dis après lui" (*Œuvres complètes* 2: 73; from memory, Charrière slightly misquotes the La Fontaine verse, which actually reads, "J'ai vu beaucoup d'Hymens, aucuns d'eux ne me tentent").

The year after the original 1784 Geneva publication of *Lettres de Mistriss Henley*, an unauthorized Paris edition, blurring questions of authorship, put the Constant and the Charrière novels together with a third piece called *La justification de M. Henley*. This last, a pedestrian and overblown attempt at a sequel, takes the story to its "logical" and banal conclusion by incorporating into a bathetic account of Mr. Henley's conduct and regrets an announcement of Mistress Henley's death in childbirth. The extent of Charrière's originality in defying established norms for endings can be gauged if one considers the reviews this volume received in two of the most established periodicals, *L'année littéraire* and the *Mercure de France*. While both comment on the paucity of action, the absence of passion, and the remarkable challenge of rendering a marriage interesting, both strikingly misread Charrière's conclusion. Inadvertently—perhaps inevitably—conflating *Lettres de Mistriss Henley* with the *Justification* (although the *Mercure* categorically declared the *Justification* so inferior that it could not be by the same hand as *Lettres de Mistriss Henley*), both commentators allude to Mistress Henley's "death" and criticize its excessive pathos: "elle meurt en couches. C'est sans doute prendre la chose bien au tragique," writes the *Mercure* (191). *L'année littéraire* is yet more explicit: "On pourra croire . . . avec raison qu'il n'y a pas dans tout ce que rapporte l'auteur de quoi se laisser mourir de chagrin. Quelle que soit la sensibilité, c'est la porter beaucoup trop loin" (179–80). While the reviewers condescendingly read a woman's domestic chagrin as incompatible with despair, they are virtually blind to Charrière's unconventional gesture of leaving the fate of her heroine an open question, so that they pass right through it and on to Mistress Henley's presumed demise.

The subtlety of the text and its refusal to conclude in a codifiable manner have given rise to numerous interpretations. To Sainte-Beuve, Mistress Henley is the consummate "femme incomprise" (443), whereas for Robert Mauzi, writing in 1960, the misunderstood woman is a role she only "plays at" (479). More remarkably, critics have taken her compulsive self-criticism at face value: for Mauzi she is testy and juvenile; for Sigyn Minier-Birk she is vain and proud, her frivolous behavior poisoning her conjugal relations. Germaine de Staël (who incidentally became Charrière's rival for the affections of Benjamin Constant) complained of Charrière's annoying habit of getting readers hooked and then failing to finish the story. One of Charrière's best recent critics, however, Susan Jackson, explains this refusal to conclude as performing, like all the unfinished needlework in Charrière's stories, an "important illustrative function": for Charrière, female life, like female *ouvrage*, is "open-ended, subject to change for better or worse, perhaps tedious, even trivial, but at least not necessarily or uniformly tragic" ("Novels" 301, 303). Indeed, for a feminist reader of the late twentieth century, the "unfinished" *Lettres de Mistriss Henley* indirectly expresses the way all fictional endings are driven by the needs of patriarchy and tend to entail the obliteration of female perspectives.

Catering to epistolary form and the English setting so much in vogue, responding to a novel by her compatriot and perhaps also to Rousseau's wildly popular *Julie*, even while taking inspiration from her own rather depressing experience as a marriageable and then a married woman of culture, sensibility, and means, Charrière gives unexpected shape and texture to a story of a woman's life in a modern (that is, consensual) marriage. Without the usual tyrannical parents of novels, the match is no more arranged than it is the inevitable product of passion: it is a marriage of reason. And therein lies the paradox, and the menace. When the heroine has to settle on her own husband, her dilemma is resolved, through the imperatives of her female conditioning, in favor of neither glamour nor gold but of the least "vulgar" decision. The background against which her marriage evolves is domestic and conjugal life in its most private and quotidian—and agonizingly empty—form. The touching figure who emerges from this story is one of the most compelling and saddest representations of European womanhood in the late eighteenth century.

PRINCIPAL WORKS OF
Isabelle de Charrière

Le noble, 1763
Portrait de Zélide, 1763
Lettres neuchâteloises, 1784
Lettres de Mistriss Henley publiées par son amie, 1784
Lettres écrites de Lausanne, 1785
Caliste ou continuation des Lettres écrites de Lausanne, 1787
Observations et conjectures politiques, 1787–88
Plainte et défense de Thérèse Levasseur, 1789
Eloge de Jean-Jacques Rousseau, 1790
Aiglonette et Insinuante ou la souplesse, 1791
Lettres trouvées dans la neige, 1793
Lettres trouvées dans des portefeuilles d'émigrés, 1793
L'émigré, 1793
Trois femmes, 1796
Honorine d'Userche, 1798
Sainte-Anne, 1799
Les ruines de Yedburg, 1799
Sir Walter Finch et son fils William, 1806

BIBLIOGRAPHY

Complete Works of Isabelle de Charrière

Œuvres complètes. Ed. Jean-Daniel Candaux, C. P. Courtney, Pierre H. Dubois, Simone Dubois-De Bruyn, Patrice Thompson, Jeroom Vercruysse, and Dennis M. Wood. 10 vols. Amsterdam: van Oorschot, 1979–84.

Principal Editions of *Lettres de Mistriss Henley publiées par son amie* (in Chronological Order)

Lettres de Mistriss Henley, publiées par son amie. Geneva, 1784.

Le mari sentimental, ou le mariage comme il y en a quelques-uns, *suivi des* Lettres de Mistriss Henley, publiées par son amie, Mde de C*** de Z***, *et de la* Justification de M. Henley, adressée à l'amie de sa femme. Geneva and Paris: Buisson, 1785.

Lettres neuchâteloises. Mistriss Henley. Le noble. Ed. Philippe Godet. Geneva: Jullien, 1908.

Constant, Samuel de. Le mari sentimental, *suivi des* Lettres de Mrs Henley *de Mme de Charrière.* Ed. Pierre Kohler. Geneva: Lettres de Lausanne, 1928.

Belle de Zuylen. *Mistriss Henley.* Paris: Mangart, 1944. (Published clandestinely by Stols, The Hague, during the German occupation of Holland [see Courtney, *Preliminary Bibliography*].)

Belle van Zuylen. *Mistriss Henley*. Burins de Michel Béret. Utrecht: Société "De Roos," 1952.

Lettres de Mistriss Henley publiées par son amie. Ed. Dennis M. Wood, with introd. by Christabel Braunrot and notes by Braunrot and Maurice Gilot. Amsterdam: van Oorschot, 1980. Vol. 8 of *Œuvres complètes*.

Romans: Lettres écrites de Lausanne, Trois femmes, Lettres de Mistriss Henley, Lettres neuchâteloises. Paris: Chemin Vert, 1982.

English Translation

Four Tales by Zélide. Trans. S[ybil] M[arjorie] S[cott]. (Includes *The Nobleman, Mistress Henley, Letters from Lausanne*, and *Letters from Lausanne–Caliste*.) London: Constable, 1925; New York: Scribner's, 1926. Reissued as *Four Tales*. Freeport: Books for Libraries, 1970.

Other Modern Editions of Novels by Isabelle de Charrière

Caliste ou Lettres écrites de Lausanne. Ed. Claudine Hermann. Paris: Des Femmes, 1979.

Honorine d'Userche. Toulouse: Ombres, 1992.

Lettres écrites de Lausanne. (Includes Rousseau's *Julie ou la nouvelle Héloïse*.) Ed. Jean Starobinski. Lausanne: Rencontre, 1970.

Lettres neuchâteloises. Ed. Isabelle Vissière and Jean-Louis Vissière. Pref. by Christophe Calame. Paris: Différence, 1991.

Lettres neuchâteloises *suivi de* Trois femmes. Ed. Charly Guyot.

Modern Edition of *Le mari sentimental*

Constant, Samuel de. *Le mari sentimental ou le mariage comme il y en a quelques-uns*. Ed. Giovanni Riccioli. Milan: Cisalpino-Goliardica, 1975.

Eighteenth-Century Reviews of *Lettres de Mistriss Henley*

L'année littéraire 1785 8: 169–80.

Journal de Paris 13 May 1786: 537–38.

Mercure de France 22 Apr. 1786: 186–93. Rpt. in *Mercure de France*. Vol. 130. Geneva: Slatkine, 1974. 377–79.

Selected Criticism and Commentary on Isabelle de Charrière

Bérenguier, Nadine. "From Clarens to Hollow Park, Isabelle de Charrière's Quiet Revolution." *Studies in Eighteenth-Century Culture* 21 (1991): 219–43.

Candaux, Jean-Daniel. "Le manuscrit dicté des *Lettres de Mistriss Henley*." *Lettre de Zuylen et du Pontet* (Bulletin de l'Association Belle de Zuylen–Isabelle de Charrière et de l'Association Suisse des Amis de Madame de Charrière) 16 (Sept. 1991): 18–21.

Courtney, C. P. "Isabelle de Charrière and the 'Character of H. B. Constant': A False Attribution." *French Studies* 36.3 (1982): 282–89.

Deguise, Alix. *Trois femmes: Le monde de Madame de Charrière*. Geneva: Slatkine, 1981.

Didier, Béatrice. "La femme à la recherche de son image: Mme de Charrière et l'écriture féminine dans la seconde moitié du XVIIIe siècle." Transactions of the Fifth International Congress on the Enlightenment. *Studies on Voltaire and the Eighteenth Century* 193 (1980): 1981–88.

Dresden, S. "Mme de Charrière et le goût du témoin." *Neophilologus* 45.4 (1961): 261–78.

Fink, Beatrice, ed. *Isabelle de Charrière/Belle Van Zuylen*. Spec. issue of *Eighteenth-Century Life* 13. ns 1 (1989): 1–78.

Godet, Philippe. *Madame de Charrière et ses amis*. Geneva: Jullien, 1906.

Jackson, Susan K. "Disengaging Isabelle: Professional Rhetoric and Female Friendship in the Correspondence of Mme de Charrière and Mlle de Gélieu." Fink 26–41.

———. "The Novels of Isabelle de Charrière; or, A Woman's Work Is Never Done." *Studies in Eighteenth-Century Culture* 14 (1985): 299–306.

Kerchove, Arnold de. *Une amie de Benjamin Constant: Belle de Charrière*. Paris: Nouvelle Revue Critique, 1937.

Lacy, Margriet Bruyn. "Madame de Charrière and the Constant Family." *Romance Notes* 23.2 (1982): 154–58.

Laden, Marie-Paule. "'Quel Aimable et Cruel Petit Livre': Madame de Charrière's *Mistriss Henley*." *French Forum* 11.3 (1986): 289–99.

Lanser, Susan S. "Courting Death: *Roman*, *Romantisme*, and *Mistress Henley*'s Narrative Practices." Fink 49–59.

MacArthur, Elizabeth J. "Devious Narratives: Refusal of Closure in Two Eighteenth-Century Epistolary Novels." *Eighteenth-Century Studies* 21.1 (1987): 1–20.

Mauzi, Robert. "Les maladies de l'âme au XVIIIe siècle." *Revue des sciences humaines*, fasc. 100 (Oct.–Dec. 1960): 459–93.

Minier, Sigyn. *Madame de Charrière: Les premiers romans*. Paris: Champion-Slatkine, 1987.

Moser-Verrey, Monique. "Isabelle de Charrière en quête d'une meilleure entente." *Stanford French Review* 11.1 (1987): 63–76.

Pelckmans, Paul. "La fausse emphase de la 'mort de toi.'" *Neophilologus* 72.4 (1988): 499–515.

Riccioli, Giovanni. *L'"esprit" di Madame de Charrière*. Bari: Adriatica, 1967.

Rossard, Janine. "Le désir de mort romantique dans *Caliste*." *PMLA* 87.3 (1972): 492–98.

Sainte-Beuve, C.-A. "Madame de Charrière." *Portraits de femmes*. Paris: Garnier, 1882. 411–57.

Scott, Geoffrey. *The Portrait of Zélide*. New York: Scribner's, 1927.

Starobinski, Jean. "Les lettres écrites de Lausanne de Mme de Charrière: Inhibition psychique et interdit social." *Roman et lumières au XVIIIe siècle*. Paris: Editions Sociales, 1970. 130–51.

Stewart, Joan Hinde. "Designing Women." *A New History of French Literature*. Ed. Denis Hollier. Cambridge: Harvard UP, 1989. 553–58.

———. *Gynographs: French Novels by Women of the Late Eighteenth Century*. Lincoln: U of Nebraska P, 1993.

Trousson, Raymond. "Isabelle de Charrière et Jean-Jacques Rousseau." *Bulletin de l'Académie Royale de Langue et de Littérature Françaises* 43.1 (1985): 5–57.

Vissière, Isabelle, ed. *Isabelle de Charrière, une aristocrate révolutionnaire: Ecrits 1788–1794*. Paris: Des Femmes, 1988.

———, ed. *Isabelle de Charrière, une liaison dangereuse: Correspondance avec Constant d'Hermenches, 1760–1776*. Paris: Différence, 1991.

West, Anthony. *Mortal Wounds*. New York: McGraw, 1973.

Whatley, Janet. "Isabelle de Charrière." *French Women Writers: A Bio-bibliographical Source Book*. Ed. Eva Martin Sartori and Dorothy Wynne Zimmerman. New York: Greenwood, 1991. 35–46.

Charrière Bibliographies

Courtney, C. P. *A Preliminary Bibliography of Isabelle de Charrière (Belle de Zuylen)*. Studies on Voltaire and the Eighteenth Century 186. Oxford: Voltaire Foundation, 1980.

———. *Isabelle de Charrière (Belle de Zuylen): A Secondary Bibliography*. Oxford: Voltaire Foundation; Paris: Touzot, 1982.

NOTE ON THE TEXT

The text of *Lettres de Mistriss Henley publiées par son amie* appearing in volume 8 of the *Œuvres complètes* has been used as the basis for the present edition. The regularized modern protocol for quotations not yet having evolved, Isabelle de Charrière and her original editors used several different typographical forms for quotations: italics, double quotation marks, single quotation marks, and dashes (also used for nonquotation purposes). Single quotation marks, for example, often seem to indicate conjectural utterances, repeated utterances, or thoughts that may or may not be uttered. But on the whole, the variety of usage signals not a real narrative strategy but rather a genuine stylistic liberty and a largely oral relation to the story, not to mention the possibly arbitrary interventions of a typesetter. To make the text more readable for a modern audience, we have rendered all clear quotation strategies by quotation marks, while leaving in place dashes used for other purposes; we have also paragraphed all direct discourse and modernized spelling.

ISABELLE DE CHARRIERE

Lettres de Mistriss Henley publiées par son amie[1]

J'ai vu beaucoup d'hymens etc.[2]
—*La Fontaine*

Première Lettre

Quel aimable et cruel petit livre que celui qui nous est arrivé de votre pays il y a quelques semaines! Pourquoi ne m'en avez-vous rien dit, ma chère amie, dans votre dernière lettre? Il est impossible qu'il n'ait pas fait sensation chez vous: on vient de le traduire, et je suis sûre que le *Sentimental Husband*[3] va être entre les mains de tout le monde. Je l'avais lu en français, et il m'avait tourmentée. Ces jours passés je l'ai lu en anglais à mon mari. Ma chère amie, ce livre, si instructif en apparence, fera faire bien des injustices: les dames Bompré ne s'y reconnaîtront pas,[4] ou ne s'en embarrasseront guère; et leurs maris pourront se casser la tête, comme si jamais il n'avait été écrit. Les femmes qui ressemblent peu à Madame Bompré, et qui sont pourtant des femmes, s'en tourmenteront, et leurs maris... En lisant seule l'histoire du portrait, les meubles changés, le pauvre

---

[1](Page de titre) Comme beaucoup de romanciers français qui peuplaient leurs romans de personnages "anglais," Isabelle de Charrière transcrit les noms et les mots étrangers de façon essentiellement phonique ou même fantaisiste. Nous les conservons tels quels, y compris la graphie *Mistriss* (et plus loin *Miladi*), d'ailleurs assez familière aux lecteurs de l'époque: cf. *Lettres de Mistriss Fanni Butlerd* (1757), roman célèbre de Marie Jeanne Riccoboni.

[2](Page de titre) Avec son ironique *etc.*, Isabelle de Charrière tronque ce vers du "Mal marié" de La Fontaine: "J'ai vu beaucoup d'hymens; aucuns d'eux ne me tentent" (*Fables*, livre 7).

[3]*Le mari sentimental*, de Samuel de Constant (1783). Voir l'introduction.

[4]C'est-à-dire que certaines dames lisant l'histoire de Madame de Bompré (dans le roman de Constant) ne verront pas à quel point elles lui ressemblent.

Hector,[5] je me suis souvenue douloureusement d'un portrait, d'un meuble, d'un chien: mais le portrait n'était pas de mon beau-père, le chien est plein de vie, et mon mari s'en soucie assez peu; et pour l'ameublement de ma chambre, il me semblait qu'il devait être convenable pour moi, et non selon le goût de mes grand'mères. Quand j'ai lu tout cela à mon mari, au lieu de sentir encore mieux que moi ces différences, comme je m'en étais flattée en commençant la lecture, ou de ne point sentir du tout cette manière de ressemblance, je l'ai vu tantôt sourire, tantôt soupirer; il a dit quelques mots, il a caressé son chien et regardé l'ancienne place du portrait. Ma chère amie, ils se croiront tous des Messieurs Bompré, et seront surpris d'avoir pu supporter si patiemment la vie. Cet homme-là eut grand tort, après tout, de se marier. Son bonheur, tout son sort, était trop établi; sa femme n'avait rien à faire qu'à partager des sensations qui lui étaient nouvelles et étrangères; elle n'avait point de Nanon, point d'Antoine, point d'Hector, point de voisins à rendre heureux, point de liaisons, point d'habitudes; il n'y avait pas là de quoi occuper une existence. Je lui pardonnerais ses livres, ses romans, son ennui, sans la dureté de cœur, l'esprit faux et la fin sinistre que tout cela occasionne. En vérité, ma chère amie, je croirais en la condamnant prononcer ma propre condamnation. Moi aussi je ne suis

---

[5]Le chien Hector, comme les serviteurs Nanon et Antoine mentionnés un peu plus loin, figurent dans le roman de Samuel de Constant.

point heureuse, aussi peu heureuse que le mari sentimental, quoique je ne lui ressemble point, et que mon mari ne ressemble point à sa femme; il est même, sinon aussi tendre, aussi communicatif, du moins aussi calme et aussi doux que cet excellent mari. Voulez-vous, ma chère amie, que je vous fasse l'histoire de mon mariage, du temps qui l'a précédé, et que je vous peigne ma vie telle qu'elle est aujourd'hui? Je vous dirai des choses que vous savez déjà, pour que vous entendiez mieux, ou plutôt pour pouvoir plus facilement vous dire celles que vous ignorez. Vous dirai-je la pensée qui me vient? Si ma lettre ou mes lettres ont quelque justesse et vous paraissent propres à exciter quelque intérêt, seulement assez pour se faire lire, traduisez-les en changeant les noms, en omettant ce qui vous paraîtra ennuyeux ou inutile. Je crois que beaucoup de femmes sont dans le même cas que moi. Je voudrais, sinon corriger, du moins avertir les maris; je voudrais remettre les choses à leur place, et que chacun se rendît justice. Je me fais bien un léger scrupule de mon projet; mais il est léger. Je n'ai point de plaintes graves à faire: on ne reconnaîtra pas M. Henley; il ne lira jamais, sans doute, ce que j'aurai écrit; et quand il le lirait, quand il s'y reconnaîtrait!... Commençons.

Orpheline de bonne heure, et presque sans fortune, j'ai été élevée comme celles qui en ont le plus, et avec une tendresse que l'amour maternel ne pourrait surpasser. Ma tante, Lady Alesford, ayant perdu sa fille unique, me donna sa place auprès d'elle, et à force de me caresser et de me faire du bien, elle m'aima comme si j'eusse été sa fille. Son mari avait un neveu qui devait hériter de son bien et de son titre: je lui fus destinée. Il était aimable, nous étions de même âge, nous fûmes élevés dans l'idée que nous serions l'un à l'autre. Cette idée plaisait à tous deux; nous nous aimions sans inquiétude. Son oncle mourut. Ce changement dans sa fortune ne changea point son cœur; mais on le mena voyager. A Venise il aurait encore été le Lord John de Rousseau; il aurait déchiré les manchettes de la marquise:[6] mais à Florence, mon image fut effacée par des charmes plus séduisants. Il passa quelque temps à Naples, et l'année suivante il mourut à Paris. Je ne vous dirai point tout ce que je souffris alors, tout ce que j'avais déjà souffert pendant plusieurs mois. Vous vîtes à Montpellier les traces que le chagrin avait laissées dans mon humeur, et l'effet qu'il avait eu sur ma santé.[7] Ma tante n'était guère moins affligée que moi. Quinze ans d'espérances, quinze ans de soins donnés à un projet

---

[6]L'anecdote, racontée au livre 5 de l'*Emile*, illustre la fidélité de l'amoureux à celle qui est restée dans son pays. Lord John est un jeune Anglais que son gouverneur emmène voyager; à Venise une dame (Rousseau ne dit pas si c'est une marquise) lui fait cadeau d'une paire de manchettes. Mais un jour, pendant que son gouverneur lui lit une lettre dans laquelle sa Luci parle des manchettes qu'elle-même est en train de lui broder, il déchire tranquillement celles qu'il porte—qui sont celles de la marquise—et les jette au feu.

[7]Sans parler de sa célèbre école de médecine, l'air marin de Montpellier passait pour curatif et attirait des malades et valétudinaires de Suisse, d'Angleterre, etc.

favori, tout était évanoui, tout était perdu. Pour moi je perdais tout ce qu'une femme peut perdre. A vingt ans notre cœur nous laisse entrevoir des ressources, et je retournai en Angleterre un peu moins malheureuse que je n'en étais partie. Mes voyages m'avaient formée et enhardie; je parlais français plus facilement, je chantais mieux; on m'admira. Je reçus des hommages, et tout ce qui m'en revint fut d'exciter l'envie. Une attention curieuse et critique me poursuivit dans mes moindres actions, et le blâme des femmes s'attacha à moi. Je n'aimai point ceux qui m'aimèrent; je refusai un homme riche sans naissance et sans éducation; je refusai un seigneur usé et endetté; je refusai un jeune homme en qui la suffisance le disputait à la stupidité. On me trouva dédaigneuse; mes anciennes amies se moquèrent de moi: le monde me devint odieux: ma tante, sans me blâmer, m'avertit plusieurs fois que les 3000 pièces qu'on lui payait par an finiraient avec elle, et qu'elle n'en avait pas 3000 de capital à me laisser. Telle était ma situation, il y a un an, quand nous allâmes passer les fêtes de Noël chez Miladi Waltham. J'avais vingt-cinq ans; mon cœur était triste et vide. Je commençais à maudire des goûts et des talents qui ne m'avaient donné que des espérances vaines, des délicatesses malheureuses, des prétentions à un bonheur qui ne se réalisait point. Il y avait deux hommes dans cette maison. L'un, âgé de quarante ans, venait des Indes avec une fortune considérable. Il n'y avait rien de grave à sa charge sur les moyens qui la lui avaient acquise, mais sa réputation n'était pas non plus resplendissante de délicatesse et de désintéressement; et dans les conversations que l'on eut sur les richesses et les riches de ce pays-là, il évitait les détails. C'était un bel homme; il était noble dans ses manières et dans sa dépense; il aimait la bonne chère, les arts et les plaisirs: je lui plus; il parla à ma tante; il offrit un douaire considérable, la propriété d'une belle maison qu'il venait d'acheter à Londres, et trois cents guinées par an pour mes épingles. L'autre homme à marier était le second fils du comte de Reding, âgé de trente-cinq ans, veuf depuis quatre d'une femme qui lui a laissé beaucoup de biens, et père d'une fille de cinq ans, d'une angélique beauté. Il est lui-même de la plus noble figure, il est grand, il a la taille déliée, les yeux bleus les plus doux, les plus belles dents, le plus doux sourire: voilà, ma chère amie, ce qu'il est ou ce qu'il me parut alors. Je trouvai que tout ce qu'il disait répondait à cet extérieur si agréable. Il m'entretint souvent de la vie qu'il menait à la campagne, du plaisir qu'il y aurait à partager cette belle solitude avec une compagne aimable et sensible, d'un esprit droit et remplie de talents. Il me parla de sa fille et du désir qu'il avait de lui donner, non une gouvernante, non une belle-mère, mais une mère. A la fin il parla plus clairement encore, et la veille de notre départ il fit pour moi à ma tante les offres les plus généreuses. J'étais, sinon passionnée, du moins fort touchée. Revenue à Londres, ma tante prit des informations sur mes deux prétendants; elle n'apprit rien de fâcheux sur le premier, mais elle apprit les choses les plus avantageuses sur l'autre. De la raison, de l'instruction, de l'équité, une égalité d'âme parfaite; voilà ce que toutes les voix accordaient à M. Henley. Je sentis qu'il fallait choisir, et vous pensez bien, ma chère amie, que je ne me permis presque pas d'hésiter. C'était, pour ainsi dire, la partie vile de mon cœur qui préférait les richesses de l'Orient, Londres, une liberté plus entière, une opulence plus brillante; la partie noble dédaignait tout cela, et se pénétrait des douceurs d'une félicité toute raisonnable, toute sublime, et telle que les anges devaient y applaudir. Si un père tyrannique m'eût obligée à épouser le Nabab,[8] je me serais fait peut-être un devoir d'obéir; et m'étourdissant sur l'origine de ma fortune par l'usage que je me serais promis d'en faire, «les bénédictions des indigents d'Europe détourneront», me serais-je dit, «les malédictions de l'Inde.» En un mot, forcée de devenir heureuse d'une manière vulgaire, je le serais devenue sans honte et peut-être avec plaisir; mais me donner moi-même de mon choix, contre des diamants, des perles, des tapis, des parfums, des mousselines brodées d'or, des soupers, des fêtes, je ne pouvais m'y résoudre, et je promis ma main à M. Henley. Nos noces furent charmantes.

---

[8] Ce mot d'origine indienne, qui désignait un grand officier, avait acquis au XVIIIe siècle le sens précis d'«Européen qui avait fait fortune aux Indes» (*Petit Robert*).

Spirituel, élégant, décent, délicat, affectueux, M. Henley enchantait tout le monde; c'était un mari de roman, il me semblait quelquefois un peu trop parfait; mes fantaisies, mes humeurs, mes impatiences trouvaient toujours sa raison et sa modération en leur chemin. J'eus, par exemple, au sujet de ma présentation à la cour, des joies et des chagrins qu'il ne parut pas comprendre. Je me flattais que la société d'un homme que j'admirais tant, me rendrait comme lui; et je partis pour sa terre au commencement du printemps, remplie des meilleures intentions, et persuadée que j'allais être la meilleure femme, la plus tendre belle-mère, la plus digne maîtresse de maison que l'on eût jamais vue. Quelquefois je me proposais pour modèle les matrones romaines les plus respectables, d'autres fois les femmes de nos anciens barons sous le gouvernement féodal; d'autres fois je me voyais errante dans la campagne, simple comme les bergères, douce comme leurs agneaux, et gaie comme les oiseaux que j'entendrais chanter. Mais voici, ma chère amie, une assez longue lettre; je reprendrai la plume au premier jour.

Seconde Lettre

Nous arrivâmes à *Hollowpark*; c'est une ancienne, belle et noble maison que la mère de M. Henley, héritière de la famille d'Astley, lui a léguée. Je trouvai tout bien. Je m'attendris en voyant des domestiques à cheveux blancs courir au-devant de leur aimable maître, et bénir leur nouvelle maîtresse. On m'amena l'enfant; quelles caresses ne lui fis-je pas! mon cœur lui promit les soins les plus assidus, l'attachement le plus tendre. Je passai tout le reste de ce jour dans une espèce de délire; le lendemain je parai l'enfant des parures que j'avais apportées pour elle de Londres, et je la présentai à son père, que je comptais surprendre agréablement.

«Votre intention est charmante», me dit-il, «mais c'est un goût que je ne voudrais pas lui inspirer; je craindrais que ces souliers si jolis ne l'empêchassent de courir à son aise; des fleurs artificielles contrastent désagréablement avec la simplicité de la campagne.»

«Vous avez raison, Monsieur», lui dis-je, «j'ai eu tort de lui mettre tout cela, et je ne sais comment le lui ôter; j'ai voulu me l'attacher par des moyens puériles, et je n'ai fait que lui préparer un petit chagrin et à moi une mortification.»

Heureusement les souliers furent bientôt gâtés, le médaillon se perdit, les fleurs du chapeau s'accrochèrent aux broussailles et y restèrent; et j'amusai l'enfant avec tant de soin qu'elle n'eut pas le loisir de regretter ses pertes. Elle savait lire en français comme en anglais; je voulus lui faire apprendre les fables de La Fontaine. Elle récita un jour à son père «Le chêne et le roseau» avec une grâce charmante. Je disais tout bas les mots avant elle; le cœur me battait, j'étais rouge de plaisir.

«Elle récite à merveille», dit M. Henley; «mais comprend-elle ce qu'elle dit? Il vaudrait mieux peut-être mettre dans sa tête des vérités avant d'y mettre des fictions: l'histoire, la géographie…»

«Vous avez raison, Monsieur», lui dis-je; «mais sa bonne[9] pourra lui apprendre, tout aussi bien que moi, que Paris est sur la Seine, et Lisbonne sur le Tage.»

«Pourquoi cette impatience?» reprit doucement M. Henley, «Apprenez-lui les fables de La Fontaine, si cela vous amuse; au fond il n'y aura pas grand mal.»[10]

«Non», dis-je vivement, «ce n'est pas mon enfant, c'est le vôtre.»

«Mais, ma très chère, j'espérais…»

Je ne répondis rien, et m'en allai en pleurant. J'avais tort, je le sais bien; c'était moi qui avais tort. Je revins quelque temps après, et M. Henley eut l'air de ne pas même se souvenir de mon impatience. L'enfant dandinait et bâillait près de lui sans qu'il y prît garde. Quelques jours après je voulus établir une leçon d'histoire et de géographie; elle ennuya bientôt la maîtresse et l'écolière. Son père la trouvait trop jeune pour apprendre la musique, et mettait en doute si cette espèce de talent ne donnait pas plus de prétentions que de jouissances. La petite fille, ne

---

[9]Gouvernante.

[10]Echo du rejet par Rousseau de l'enseignement des fables de La Fontaine aux enfants dans le deuxième livre de l'*Emile*. Mais Rousseau ne voulait pas qu'on donne aux enfants un enseignement organisé en leçons, à la différence, semble-t-il, de M. Henley.

faisant plus auprès de moi que baguenauder[11] ennuyeusement et suivre mes mouvements d'un air tantôt stupide, tantôt curieux, me devint importune; je la bannis presque de ma chambre. Elle s'était désaccoutumée de sa bonne. La pauvre enfant est certainement moins heureuse et plus mal élevée qu'avant que je vinsse ici. Sans la rougeole qu'elle a eue dernièrement et que j'ai prise en la servant nuit et jour, je ne saurais pas que cet enfant m'intéresse plus que l'enfant d'un inconnu. Quant aux domestiques, pas un d'eux n'a eu à se plaindre de moi; mais mon élégante femme de chambre a donné dans les yeux à[12] un fermier du voisinage, qui aimait auparavant la fille d'une ancienne et excellente ménagère, sœur de lait[13] de la mère de mon mari. Peggy désolée et la mère outrée de cet affront, ont quitté la maison quoiqu'on ait pu leur dire. Je supplée tant que je peux à cette perte, aidée de ma femme de chambre, qui est d'un bon caractère, sans quoi je l'aurais renvoyée sur le champ; mais toute la maison regrette l'ancienne femme de charge, et moi aussi je la regrette et les excellentes confitures qu'elle faisait.

J'avais amené de Londres un superbe angola[14] blanc. M. Henley ne le trouvait pas plus beau qu'un autre chat,

---

[11]S'amuser de choses frivoles.

[12]*Donner dans les yeux à* = éblouir.

[13]Une sœur de lait est une enfant sans parenté directe mais qui a été allaitée par la même nourrice: cela devait constituer un lien réel, analogue à celui du sang quoique moins puissant.

[14]Angora: l'origine et la forme de ce mot étaient incertaines.

et il plaisantait souvent sur l'empire de la mode qui fait le sort des animaux, leur attire des admirations outrées et des dédains humiliants, comme à nos robes et nos coiffures. Il caressait pourtant l'angola, car il est bon et il ne refuse à aucun être doué de sensibilité une petite marque de la sienne. — Mais ce n'était pas précisément l'histoire de mon angola que je voulais vous faire. Ma chambre était tapissée par bandes. Du velours vert bien sombre, séparait des morceaux de tapisserie faite à l'aiguille par l'aïeule de M. Henley. De grands fauteuils fort incommodes à remuer, fort bons pour dormir, brodés de la même main, encadrés du même velours faisaient, avec un canapé bien dur, l'ameublement de ma chambre. Mon angola se couchait sans respect sur les vieux fauteuils, et s'accrochait à cette antique broderie. M. Henley l'avait posé doucement à terre plusieurs fois. Il y a six mois que prêt à aller à la chasse et venant me saluer dans ma chambre, il voit mon chat dormant sur un fauteuil:

«Ah!» dit M. Henley, «que dirait ma grand'mère, que dirait ma mère, si elles voyaient…»

«Elles diraient sans doute», repris-je vivement, «que je dois me servir de mes meubles à ma guise comme elles se servaient des leurs, que je ne dois pas être une étrangère jusque dans ma chambre; et depuis le temps que je me plains de ces pesants fauteuils et de cette sombre tapisserie, elles vous auraient prié de me donner d'autres chaises et une autre tenture.»

«Donner! ma très chère vie!» répondit M. Henley, «donne-t-on à soi-même? la moitié de soi-même donne-t-elle à l'autre? n'êtes-vous pas la maîtresse? autrefois on trouvait ceci fort beau…»

«Oui, autrefois», ai-je répliqué; «mais je vis à présent.»

«Ma première femme», reprit M. Henley, «aimait cet ameublement.»

«Ah! mon Dieu», me suis-je écriée, «que ne vit-elle encore!»

«Et tout cela pour un chat auquel je ne fais aucun mal?» a dit M. Henley d'un air doux et triste, d'un air de résignation, et il s'en allait.

«Non», lui ai-je crié, «ce n'est pas le chat»; mais il était déjà bien loin, et un moment après je l'ai entendu dans la cour donnant tranquillement ses ordres en montant sur son cheval. Ce sang-froid a achevé de me mettre hors de moi: j'ai sonné. Il m'avait dit que j'étais la maîtresse; j'ai fait porter les fauteuils dans le salon, le canapé dans un garde-meuble. J'ai ordonné à un laquais de dépendre le portrait de la première Madame Henley, qui était en face de mon lit:

«Mais, Madame!» a dit le laquais.

«Obéissez ou sortez», lui ai-je répondu.

Il croyait sans doute et vous aussi que j'avais de l'humeur contre le portrait: non, en vérité, je ne crois pas en avoir eu; mais il tenait à la tapisserie, et voulant la faire ôter, il fallait commencer par le portrait. La tapisserie

15

a suivi; elle ne tenait qu'à des crochets. Je l'ai fait nettoyer et rouler proprement. J'ai fait mettre des chaises de paille dans ma chambre, et arrangé moi-même un coussin pour mon angola; mais le pauvre animal n'a pas joui de mes soins: effarouché par tout ce vacarme, il avait fui dans le parc, et on ne l'a pas revu. M. Henley, revenu de la chasse, vit avec surprise le portrait de sa femme dans la salle à manger. Il monta dans ma chambre sans me rien dire, et écrivit à Londres pour qu'on m'envoyât le plus beau papier des Indes, les chaises les plus élégantes et de la mousseline brodée pour les rideaux. Ai-je eu tort, ma chère amie, autrement que par la forme? l'ancienneté est-elle un mérite plus que la nouveauté? et les gens qui passent pour raisonnables, font-ils autre chose le plus souvent qu'opposer gravement leurs préjugés et leurs goûts à des préjugés et à des goûts plus vivement exprimés? L'histoire du chien ne mérite pas d'être racontée: j'ai été obligée de le faire sortir si souvent de la salle à manger pendant les repas, qu'il n'y revient plus, et dîne à la cuisine. L'article des parents est plus sérieux. Il y en a que je reçois de mon mieux, parce qu'ils sont peu aisés; mais je bâille auprès d'eux, et ne vais jamais les voir de mon propre mouvement, parce qu'ils sont les plus ennuyeuses gens du monde. Quand M. Henley me dit tout simplement: Allons voir ma cousine une telle, je vais: je suis en carrosse ou à cheval avec lui; cela ne peut m'être désagréable. Mais s'il vient à me dire: Ma cousine est une bonne femme, je dis non; elle est épilogueuse,[15] envieuse, pointilleuse. S'il dit que Monsieur un tel son cousin est un galant homme, dont il fait cas, je réponds que c'est un grossier ivrogne: je dis vrai; mais j'ai tort, car je lui fais de la peine. Je suis très bien avec mon beau-père; il a médiocrement d'esprit et beaucoup de bonhommie. Je lui brode des vestes, je lui joue du clavecin; mais Lady Sara Melvil, ma belle-sœur, qui demeure chez lui tout l'été, est avec moi d'une hauteur qui me rend ce château insupportable, et je n'y vais que bien rarement. Si M. Henley me disait: «Supportez ces hauteurs pour l'amour de moi, je vous en aimerai davantage: je les sens pour vous comme vous-même; mais j'aime mon père, j'aime mon frère: votre froideur les séparera insensiblement de moi, et vous serez fâchée, vous-même, de la diminution de bonheur, de sentiments doux et naturels que vous aurez occasionnée», je dirais infailliblement, je dirais: «Vous avez raison, M. Henley, je sens déjà, j'ai souvent senti le regret que vous m'annoncez; il ira en augmentant, il m'afflige et m'affligera plus que je ne puis le dire; allons chez Milord, un regard affectueux de vous me fera plus de plaisir que tous les ridicules dédains de Lady Sara ne pourraient me faire de peine.» Mais, au lieu de cela, M. Henley n'a rien vu, ne peut se rappeler... «A présent que vous le dites, ma chère, je crois me souvenir confusément... mais quand cela serait,

---

[15]C'est-à-dire qu'elle trouve toujours à critiquer à tout.

qu'importe! Comment une personne raisonnable peut-elle s'affecter... et puis Lady Sara n'est-elle pas excusable? fille d'un duc, femme du chef futur de notre famille»... Ma chère amie, des coups de poing me seraient moins fâcheux que toute cette raison. Je suis malheureuse, je m'ennuie; je n'ai point apporté de bonheur ici, je n'en ai point trouvé; j'ai causé du dérangement, et ne me suis point arrangée; je déplore mes torts, mais on ne me donne aucun moyen de mieux faire; je suis seule, personne ne sent avec moi; je suis d'autant plus malheureuse qu'il n'y a rien à quoi je puisse m'en prendre, que je n'ai aucun changement à demander, aucun reproche à faire, que je me blâme et me méprise d'être malheureuse. Chacun admire M. Henley, et me félicite de mon bonheur; je réponds: «C'est vrai, vous avez raison... Quelle différence avec les autres hommes de son rang, de son âge! quelle différence entre mon sort et celui de Madame une telle, de Miladi une telle.» Je le dis, je le pense, et mon cœur ne le sent point; il se gonfle ou se serre, et souvent je me retire pour pleurer en liberté. A présent même des larmes, dont je comprends à peine la source, se mêlent avec mon encre sur ce papier. Adieu, ma chère amie, je ne tarderai pas à vous écrire.

P.S. En relisant ma lettre, j'ai trouvé que j'avais eu plus de tort que je ne l'avais cru. Je ferai remettre le portrait de la première Madame Henley en son ancienne place. Si

M. Henley trouve qu'il soit mieux dans la salle à manger, où il est effectivement mieux dans son jour, il n'y aura qu'à l'y reporter; je vais appeler le même laquais qui l'a ôté d'ici. Quand il aura replacé le portrait, je lui dirai de faire mettre les chevaux au carrosse, et j'irai voir mon beau-père. Il n'y aura qu'à me dire à moi-même, de la part de M. Henley, ce que je voudrais qu'il m'eût dit, et je supporterai Lady Sara Melvil.

Troisième Lettre

Vous avez raison, ma chère amie, ce n'était pas à moi à me plaindre des injustices que peut occasionner *Le mari sentimental*. Cependant j'étais de bonne foi, et même, encore aujourd'hui, mes idées sur tout cela ne sont pas bien nettes. Soit patience, soit indifférence, soit vertu ou tempérament, il me semble que M. Henley ne s'était pas trouvé malheureux. Il avait senti, je n'en doute pas, chacun de mes torts; mais comme il ne m'avait point témoigné d'aigreur, comme il n'a point cherché non plus à prévenir de nouveaux torts par une conduite qui associât davantage mon âme avec son âme, mes plaisirs avec les siens, j'ai eu lieu de croire qu'il n'avait rien conclu de tout cela. Il vivait et me jugeait, pour ainsi dire, au jour la journée, jusqu'à ce que Monsieur et Madame Bompré le soient venus rendre plus content de lui et plus mécontent de moi. J'ai eu bien du chagrin depuis ma dernière lettre. Un jour que je déplorais mon peu de capacité pour les soins du ménage, la lenteur de mes progrès, et le haut et bas qu'il y avait dans mon zèle et dans mes efforts sur ce point, M. Henley fit, fort honnêtement pourtant et en souriant, l'énumération des choses qui allaient moins bien depuis le départ de Mistriss Grace.

«Essayons de la faire revenir», dis-je aussitôt; «j'ai ouï dire que Peggy était placée à Londres, et que sa mère se trouvait médiocrement bien avec cette cousine chez qui elle s'est retirée.»

«Vous pouvez essayer», a dit M. Henley, «je crains que vous ne réussissiez pas; mais il n'y a point de mal à essayer.»

«Voulez-vous lui parler?» lui ai-je dit, «la vue de son ancien maître et cette démarche empressée lui feront oublier tous ses ressentiments.»

«Je ne saurais», m'a-t-il répondu, «j'ai des affaires; mais, si vous voulez, j'envoierai.»[16]

«Non, j'irai moi-même.»

J'ai demandé le carrosse, et je suis allée; c'est à quatre milles d'ici. Mistriss Grace était seule: elle a été très surprise de me voir. A travers la froideur qu'elle aurait voulu mettre dans son accueil, je voyais de l'attendrissement et une confusion dont je ne pouvais deviner la cause. Je lui ai dit combien nous avions tous perdu à son

---

[16]Forme alternative d'*enverrai*; la forme intransitive signifie: envoyer quelqu'un.

départ, combien elle nous manquait, combien elle était regrettée:

«Voulez-vous revenir?» lui ai-je dit, «vous serez reçue à bras ouverts, vous vous verrez respectée et chérie. Pourquoi vous en prendre à nous tous de l'inconstance d'un jeune homme qui ne mérite pas les regrets de Peggy, puisqu'il a pu l'abandonner; peut-être elle-même l'a-t-elle oublié: j'ai appris qu'elle était placée à Londres…»

«Placée!» s'est écriée Mistriss Grace, en joignant les mains et levant les yeux au ciel, «venez-vous ici, Madame, pour m'insulter?»

«Dieu m'en préserve», me suis-je écriée à mon tour, «et je ne sais ce que vous voulez dire.»

«Ah! Madame», a-t-elle repris après un long silence, «les maux ne se réparent pas aussi vite qu'ils se font, et votre Fanny, avec ses dentelles, ses rubans et ses airs de la ville, a préparé à ma Peggy et à sa pauvre mère des chagrins qui ne finiront qu'avec nous.»

Elle pleurait amèrement. Pressée par mes caresses et mes instances, elle m'a fait en sanglotant l'histoire de ses douleurs. Peggy affligée de la perte de son amant, et s'ennuyant avec sa mère et leur cousine, est partie sans rien dire: on l'a cherchée longtemps; on a cru qu'elle s'était noyée; à la fin on a appris qu'elle était à Londres, où sa jeunesse et sa fraîcheur l'ont fait accueillir dans une maison infâme. Vous imaginez tout ce que la mère a pu ajouter à cette triste narration, tout ce que j'ai pu dire, tout ce que j'ai dû sentir. A la fin j'ai répété ma première proposition. Malgré mille objections naturelles et justes, et auxquelles je donnais toute leur force, j'ai engagé cette pauvre femme à retourner avec moi à *Hollowpark*.

«Personne», lui ai-je dit, «ne vous parlera de votre fille; vous ne verrez Fanny qu'après que vous m'aurez dit que vous voulez bien la voir: venez, bonne Mistriss Grace, chercher des consolations, et finir vos jours dans une maison où votre jeunesse a été utile, et dont je n'aurais pas dû vous laisser sortir.»

Je l'ai mise en carrosse, sans vouloir courir le risque qu'en faisant ses paquets, de nouvelles réflexions l'empêchassent de venir. En chemin elle n'a cessé de pleurer, et je pleurais aussi. A cent pas de la maison je descendis de carrosse, et je dis au cocher de ne pas avancer qu'il n'en eût reçu l'ordre. Je rentrai donc seule; je parlai à M. Henley, à l'enfant, à Fanny, aux autres domestiques. Ensuite j'allai chercher Mistriss Grace, et, lui donnant mes clefs, je la priai de rentrer en fonction tout de suite. Cinq ou six jours s'écoulèrent, Fanny m'obéissait ponctuellement: elle mangeait et travaillait dans sa chambre. Un jour que j'étais allée regarder son ouvrage, Mistriss Grace y vint, et après m'avoir remerciée de mes bontés, elle me pria de trouver bon qu'à l'avenir Fanny mangeât avec les autres et vécût dans la maison comme auparavant. Fanny s'attendrit, et pleura sur Peggy et sa mère. Pauvre Fanny! son tour allait venir. M. Henley me fit prier de descendre, et de l'amener avec moi. Nous trouvâmes auprès de lui, dans son cabinet, le père du jeune fermier.

«Madame», me dit-il, «je suis venu prier Monsieur et vous de donner à mon fils des recommandations pour les Indes; c'est un pays où l'on devient riche, dit-on, en peu de temps; il pourra y mener Mademoiselle, ou venir l'épouser quand il sera devenu un riche monsieur. Ils feront comme ils l'entendront; mais moi je ne recevrai jamais dans ma maison une fainéante et coquette poupée de la ville, outre que je croirais attirer sur moi la malédiction du ciel en faisant entrer dans ma famille celle qui a causé, par son maudit manège, l'inconstance de mon fils et la ruine de cette pauvre Peggy. Mon fils fera ce qu'il voudra, Mademoiselle; mais je déclare devant Dieu qu'il n'a plus de père ni de maison paternelle s'il vous revoit jamais.»

Fanny, pâle comme la mort, a voulu sortir; mais, ses jambes pliant sous elle, elle s'est appuyée contre la porte. J'ai couru à elle aussitôt, et l'ai ramenée dans sa chambre. Nous avons rencontré Mistriss Grace sur l'escalier.

«Votre fille est vengée», lui dit Fanny.

«Seigneur, qu'y a-t-il?» s'est écriée Mistriss Grace.

Elle nous a suivies: je lui ai dit ce qui s'était passé; elle nous a juré qu'elle n'avait aucune part à cette démarche, et n'avait pas même revu le fermier ni son fils depuis son départ de la maison. Je les ai laissées; je suis allée m'enfermer dans ma chambre: là j'ai déploré amèrement le sort de ces deux filles, et tout le mal dont j'étais cause; ensuite j'ai écrit à ma tante que je lui renvoyais Fanny, et la priais de lui trouver une bonne place, soit auprès d'une dame ou dans une boutique; et après avoir fait dire au cocher d'atteler[17] au plus vite, je suis retournée auprès de Fanny, et lui ai fait lire ma lettre. La pauvre fille a fondu en larmes: «Mais qu'ai-je fait?» m'a-t-elle dit.

«Rien, ma pauvre enfant, rien de condamnable; mais il faut absolument nous séparer. Je vous paierai vos gages jusqu'à la fin de l'année, j'y ajouterai plus d'argent et de hardes que dans ce moment vous n'en désirez d'une maîtresse que vous trouvez injuste. J'écrirai à vos parents de m'envoyer votre jeune sœur; mais il vous faut venir avec moi sur-le-champ, et que je vous mène à l'endroit où le coche passe dans une heure; Mistriss Grace et moi aurons soin de tout ce que vous laissez ici, et vous le recevrez dans deux jours.»

Le carrosse était prêt; j'y entrai avec elle, et nous arrivâmes, sans avoir presque ouvert la bouche, à l'endroit que j'avais dit. J'y attendis le coche; je la recommandai à ceux qui étaient dedans, et je revins plus triste qu'il n'est possible de le dire. «Voilà donc», me disais-je, «ce que je suis venue faire ici. J'ai occasionné la perte d'une pauvre innocente fille; j'en ai rendu une autre malheureuse; j'ai brouillé un père avec son fils; j'ai rempli l'âme d'une mère d'amertume et de honte.» En traversant le parc, je pleurai mon

---

[17]Normalement transitif, *atteler* sans complément ici veut dire attacher les chevaux à la voiture.

angola; en rentrant dans ma chambre, je pleurai Fanny. Mistriss Grace m'a servie depuis de femme de chambre. Sa tristesse, qu'elle s'efforce pourtant de surmonter, est un reproche continuel. M. Henley m'a paru surpris de tous ces grands mouvements. Il n'a pas trop compris pourquoi j'ai si vite renvoyé ma femme de chambre. Il trouve que le fermier père a très bien fait de s'opposer au mariage de son fils. «Ces femmes, accoutumées à la ville», dit-il, «ne prennent jamais racine à la campagne, et n'y sont bonnes à rien»: mais il croit qu'on aurait pu faire entendre raison au fils, et que j'aurais bien pu garder Fanny; qu'ils se seraient même détachés l'un de l'autre en continuant à se voir, au lieu qu'à présent l'imagination du jeune homme voudra prolonger la chimère de l'amour, et qu'il se fera peut-être un point d'honneur de rester fidèle à sa maîtresse persécutée. Il en arrivera ce qu'il plaira à Dieu; mais j'ai fait ce que je croyais devoir faire, et me suis épargnée des scènes qui auraient altéré ma santé et achevé de changer mon humeur. Il y a quinze jours que Fanny est partie. Miladi ✶✶✶ la gardera jusqu'à ce qu'elle ait pu la placer. Sa sœur arrive ce soir. Elle n'a été à Londres que le temps qu'il fallait pour apprendre à coiffer, et elle a passé depuis près d'un an dans son village. Elle n'est point jolie, et je ferai bien en sorte qu'elle ne soit pas élégante. Adieu, ma très chère amie.

P.S. Ma lettre n'a pu partir l'autre jour: voyant que j'allais la cacheter, on m'avertit qu'il était trop tard.

La sœur de Fanny est malpropre, maladroite, paresseuse et impertinente; je ne pourrai la garder. M. Henley ne cesse de me dire que j'ai eu tort de renvoyer une fille que j'aimais, qui me servait bien, et à qui on ne pouvait rien reprocher. Je n'aurais pas dû prendre à la lettre, dit-il, ce que l'emportement faisait dire à John Turner; témoin la folle idée d'envoyer aux Indes un garçon qui ne sait pas écrire. Il est étonné que nous autres gens passionnés soyons les dupes des saillies et des exagérations les uns des autres. Nous devrions savoir, à son avis, combien il y a à rabattre de ce que la passion nous fait imaginer et dire: j'ai pris, dit-il, un procédé qui me coûtait pour un procédé généreux, sans penser que ce qui m'était désavantageux n'était pas pour cela avantageux aux autres. Il aurait mieux valu ne pas mener ici cette fille avec moi. Il croit me l'avoir insinué dans le temps; mais puisqu'elle y était, puisqu'elle n'était point coupable, il fallait la garder. Aurait-il raison? ma chère amie. Aurais-je eu encore tort, toujours tort, tort en tout? Non, je ne veux pas le croire; il était naturel que je gardasse Fanny en me mariant. Je n'ai point compris l'insinuation de M. Henley.

J'ignorais qu'il fût difficile de s'accoutumer à vivre à la campagne; j'y venais bien vivre moi-même. Fanny pouvait plaire à un habitant de la campagne; elle pouvait l'épouser; elle est douce et aimable. Je ne savais point que ce serait un chagrin pour sa famille et un malheur pour lui. Je n'ai point eu tort de la renvoyer: je ne devais me faire ni son geôlier, ni sa complice en refusant les visites du jeune homme, ou en les favorisant. Je ne devais prendre sur moi ni leurs chagrins ni leurs fautes. Avec le temps, si elle oublie son amant, s'il se marie ou s'éloigne, je pourrai la reprendre; mon dessein n'est pas de l'abandonner jamais.

Je crois pourtant bien m'être trop précipitée. J'aurais pu attendre un jour ou deux, consulter M. Henley, la consulter elle-même, voir ce qu'on pouvait espérer de son courage et du respect du jeune homme pour son père. J'ai trop suivi l'impétuosité de mon humeur. J'ai trop redouté le spectacle de l'amour malheureux et de l'amour-propre humilié. Dieu garde Fanny d'infortune, et moi de repentir.

J'écrirai encore à ma tante, et je lui recommanderai encore Fanny.

Quatrième Lettre

Je vous entretiens, ma chère amie, de choses bien peu intéressantes, et avec une longueur, un détail! — Mais c'est comme cela qu'elles sont dans ma tête; et je croirais ne vous rien dire, si je ne vous disais pas tout. Ce sont de petites choses qui m'affligent ou m'impatientent, et me font avoir tort. Ecoutez donc encore un tas de petites choses.

Il y a trois semaines qu'on donna un bal à Guilford. M. Henley était un des souscrivants. Une parente de

M. Henley, qui a là une maison, nous avait prié d'aller chez elle dès la veille, et d'y mener l'enfant. Nous y allâmes; je portai les habits que je voulais mettre, une robe que j'avais mise à un bal à Londres il y a dix-huit mois; un chapeau, des plumes et des fleurs, que ma tante et Fanny avaient choisies exprès pour cette fête, et que j'avais reçues deux jours auparavant. Je ne les avais vues qu'au moment de les mettre, n'ayant pas ouvert la caisse. J'en fus très contente; je me trouvai fort bien quand je fus habillée, et je mis du rouge comme presque toutes les femmes en mettent. Une heure avant le bal, M. Henley arriva de *Hollowpark*.

«Vous êtes très bien, Madame», me dit-il, «parce que vous ne sauriez être mal; mais je vous trouve cent fois mieux dans vos habits les plus simples qu'avec toute cette grande parure. Il me semble d'ailleurs qu'une femme de vingt-six ans ne doit pas être habillée comme une fille de quinze, ni une femme comme il faut comme une comédienne…»

Les larmes me vinrent aux yeux.

«Lady Alesford», lui répondis-je, «en m'envoyant tout ceci n'a pas cru parer une fille de quinze ans, ni une comédienne; mais sa nièce votre femme dont elle sait l'âge… Mais, Monsieur, dites que cette parure vous fâche ou vous déplaît, que je vous ferais plaisir de ne pas me montrer vêtue de cette manière, et je renoncerai aussitôt au bal, et de bonne grâce à ce que j'espère.»

«Ne pourrait-on pas», me dit-il, «envoyer un homme à cheval chercher une autre robe, un autre chapeau?»

«Non», lui dis-je, «cela ne se peut pas; j'ai ici ma femme de chambre, on ne trouverait rien de convenable; je dérangerais absolument mes cheveux.»

«Eh! qu'importe!» dit en souriant M. Henley.

«Il m'importe à moi», m'écriai-je vivement; «mais trouvez bon que je n'aille pas au bal, dites que je vous obligerai, je me trouverai heureuse de vous obliger.» — Et moitié dépit, moitié attendrissement, je me suis mise à pleurer tout de bon.

«Je suis fâché, Madame», dit M. Henley, «que ceci vous affecte si fort. Je ne vous empêcherai pas d'aller au bal. Vous n'avez point vu en moi jusqu'ici un mari bien despotique. Je souhaite que la raison et la décence vous gouvernent, et non que vous cédiez à mes préventions; puisque votre tante a jugé cette parure convenable, il faut rester comme vous êtes... mais, remettez votre rouge que vos larmes ont dérangé.»

— J'ai souri, et je lui ai baisé la main avec un mouvement de joie.

«Je vois avec plaisir», m'a-t-il dit, «que ma chère femme est aussi jeune que sa coiffure et aussi légère que ses plumes.» — Je suis allée remettre du rouge. Il nous est venu du monde, et l'heure du bal venue, nous y sommes allés. En carrosse j'ai affecté de la gaieté, pour en donner à M. Henley et à moi-même. — Je n'ai pas réussi. — Je ne savais si j'avais bien ou mal fait. Je me déplaisais, j'étais mal à mon aise.

Nous étions dans la salle depuis un quart d'heure; tous les yeux se sont tournés vers la porte, attirés par la plus noble figure, l'habillement le plus simple, le plus élégant et le plus magnifique. On a demandé, chuchoté, et tout le monde a dit: «Lady Bridgewater, femme du gouverneur Bridgewater revenu des Indes et nouvellement fait baronnet.» — Pardonnez ma faiblesse; ce moment n'a pas été doux pour votre amie. Heureusement un autre objet de comparaison s'est présenté: ma belle-sœur est entrée avec un doigt de rouge; c'était bien d'autres plumes que les miennes!

«Voyez!» ai-je dit à M. Henley.

«Elle n'est pas ma femme», a-t-il répondu.

Il est allé la prendre par la main pour la conduire à sa chaise. D'autres, ai-je pensé, auront la même indulgence pour moi! Un sentiment de coquetterie s'est glissé dans mon cœur, et j'ai secoué mon chagrin pour être plus aimable le reste de la nuit. J'avais une raison pour ne pas danser, que je ne veux pas encore vous dire.

Après la première contredanse, Lady Bridgewater est venue se placer auprès de moi.

«J'ai demandé qui vous étiez, Madame», m'a-t-elle dit, avec toute la grâce possible; «et votre nom seul m'a fait votre connaissance et presque votre amie. — Il y aurait trop d'amour-propre à vous dire combien votre figure a de part à cette prévention; Sir John Bridgewater, mon mari, qui m'a parlé souvent de vous, m'ayant dit que je vous ressemblais.»

Tant de douceur et d'honnêteté m'ont gagnée: tout devait augmenter ma jalousie, et cependant j'ai cessé d'en avoir. Elle a cédé à une douce sympathie. Il se peut bien en effet que Lady Bridgewater me ressemble; mais elle est plus jeune que moi: elle est plus grande, elle a la taille plus mince: elle a de plus beaux cheveux: en un mot, elle a l'avantage dans toutes les choses sur lesquelles on ne peut se faire illusion, et quant aux autres je ne puis en avoir sur elle, car il n'est pas possible d'avoir plus de grâce, ni un son de voix qui aille plus au cœur.

M. Henley était fort assidu auprès de Miss Clairville, jeune fille de cette comté,[18] très fraîche, très gaie, modeste cependant et point jolie. Pour moi je causai toute la nuit avec Lady Bridgewater et M. Mead son frère, qu'elle m'avait présenté, et je fus, à tout prendre, très contente des autres et de moi.

Je les invitai à me venir voir: Lady B. me témoigna un grand regret d'être obligée de quitter la comté dès le lendemain pour retourner à Londres et rejoindre ensuite son mari en Yorkshire, où il sollicitait une élection. Pour M. Mead, il accepta mon invitation pour le

---

[18]*Comté* était quelquefois féminin, témoin la Franche Comté.

surlendemain. Nous nous quittâmes le plus tard que nous pûmes.

J'allai me reposer pendant quelques heures chez la parente de M. Henley, et après le déjeuner, nous montâmes en carrosse, mon mari, sa fille et moi: la bonne et ma femme de chambre étaient déjà parties. J'avais la tête remplie de Lady B.; et après avoir revu dans mon imagination son agréable figure, et comme entendu de nouveau ses paroles et ses accents,

«Avouez qu'elle est charmante», dis-je à M. Henley.

«Qui?» répondit-il.

«Est-ce tout de bon», lui dis-je, «que vous ne le savez pas?»

«C'est apparemment Lady B. de qui vous parlez? Oui, elle est bien, c'est une belle femme; je l'ai trouvée surtout très bien mise. Je ne puis pas dire qu'elle m'ait fait une grande impression.»

«Ah!» repris-je, «si de petits yeux bleus, des cheveux roux et un air de paysanne sont autant de beautés, Miss Clairville a certainement l'avantage sur Lady B. ainsi que sur toutes les figures du même genre. Pour moi ce qu'après Lady B. j'ai vu de plus agréable au bal, c'est son frère; il m'a rappelé Milord Alesford mon premier amant, et je l'ai prié de venir dîner demain avec nous.»

«Heureusement je ne suis pas jaloux», a dit en souriant à demi M. Henley.

«Heureusement pour vous», ai-je repris, «ce n'est pas heureusement pour moi; car, si vous étiez jaloux, je vous verrais au moins sentir quelque chose; je serais flattée; je croirais vous être précieuse; je croirais que vous craignez de me perdre, que je vous plais encore; que, du moins, vous pensez que je puis encore plaire. Oui!» ai-je ajouté, excitée à la fois par ma propre vivacité et par son sang-froid inaltérable, «les injustices d'un jaloux, les emportements d'un brutal, seraient moins fâcheux que le flegme et l'aridité d'un sage.»

«Vous me feriez croire», a dit M. Henley, «au goût des femmes russes qui veulent être battues. Mais, ma chère, suspendez votre vivacité en faveur de cet enfant, et ne lui donnons pas l'exemple…»

«Vous avez raison», me suis-je écriée. «Pardon, Monsieur! pardon, cher enfant!…»

Je l'ai prise sur mes genoux; je l'ai embrassée; j'ai mouillé son visage de mes larmes.

«Je vous donne un mauvais exemple», lui ai-je dit. «Je devrais vous tenir lieu de mère: je vous l'avais promis, et je n'ai aucun soin de vous, et je dis devant vous des choses que vous êtes heureuse de ne pas bien entendre!»

M. Henley n'a rien dit; mais je ne doute pas qu'il ne fût touché. La petite fille est restée sur mes genoux, et m'a fait quelques caresses que je lui rendais au centuple, mais avec un sentiment encore plus douloureux que tendre. J'avais des repentirs amers; je formais toutes sortes de projets; je me promettais de devenir enfin sa mère: mais je voyais dans ses yeux, c'est-à-dire, dans son âme, l'impossibilité de le devenir. Elle est belle, elle n'est point méchante, elle n'a pas l'esprit faux; mais elle est peu vive et peu sensible. — Elle sera mon élève, mais elle ne sera pas mon enfant; elle ne se souciera pas de l'être.

Nous arrivâmes. A ma prière le château de Henley fut invité pour le lendemain. Miss Clairville s'y trouvait; elle vint. A table, je plaçai M. Mead entre elle et Lady Sara Melvil, et la journée n'eut rien de fâcheux ni de remarquable. Le lendemain j'écrivis une lettre à M. Henley, dont je vous envoie le brouillon avec toutes ses ratures. Il y a presqu'autant de mots effacés que de mots laissés, et vous ne lirez pas sans peine.

Monsieur,

Vous avez vu, j'espère, avant-hier combien j'étais honteuse de mon extravagante vivacité. Ne croyez pas que, dans cette occasion, ni dans aucune autre, le mérite de votre patience et de votre douceur m'ait échappé. Je puis vous assurer que mes intentions ont toujours été bonnes. Mais qu'est-ce que des intentions quand l'effet n'y répond jamais? — Pour vous votre conduite est telle que je n'y puis rien blâmer, quelqu'envie que j'en eusse quelquefois pour justifier la mienne. — Vous avez pourtant eu un tort; vous m'avez fait trop d'honneur en m'épousant. Vous avez cru, et qui ne l'aurait cru! que, trouvant dans son mari tout ce qui peut rendre un homme aimable et estimable, et dans sa situation tous les plaisirs honnêtes, l'opulence et la considération, une femme raisonnable ne pouvait manquer d'être heureuse: mais je ne suis pas une femme raisonnable; vous et moi l'avons vu trop tard. — Je ne réunis pas les qualités qui nous auraient rendu heureux, avec celles qui vous ont paru agréables. — Vous auriez pu trouver les unes et les autres chez mille autres femmes. Vous ne demandiez pas des talents brillants, puisque vous vous êtes contenté de moi, et assurément personne n'exige moins que vous des vertus difficiles. Je n'ai parlé aigrement de Miss Clairville, que parce que je sentais avec chagrin combien une fille comme elle vous aurait mieux convenu que moi. Accoutumée aux plaisirs de la campagne et à ses occupations, active, laborieuse, simple dans ses goûts, reconnaissante, gaie, heureuse, vous aurait-elle laissé vous souvenir de ce qui pouvait lui manquer? Miss Clairville serait restée ici au milieu de ses parents, de ses premières habitudes. Elle n'aurait rien perdu, elle n'aurait fait que gagner... Mais c'est trop s'arrêter sur une chimère... le passé ne peut se rappeler. — Parlons de l'avenir; parlons surtout de votre fille. Tâchons d'arranger ma conduite de manière à réparer le plus grand de mes torts. En vous opposant dans les commencements à ce que je voulais faire pour elle, vous n'avez rien fait que de juste et de raisonnable; mais c'était blâmer tout ce qu'on avait fait pour moi; c'était dédaigner tout ce que je savais et tout ce que j'étais. — J'ai été humiliée et découragée; j'ai manqué de souplesse, et d'une véritable bonne volonté. A l'avenir je veux faire mon devoir; non d'après ma fantaisie, mais d'après votre jugement. Je ne vous demande pas de me

tracer un plan; je tâcherai de deviner vos idées pour m'y sou-
mettre: mais si je devine mal ou si je m'y prends mal, faites-moi
la grâce, non de me blâmer simplement, mais de me dire ce que
vous voudrez que je fasse à la place de ce que je fais. Sur ce point
et sur tous les autres, je désire sincèrement de mériter votre
approbation, de regagner ou gagner votre affection, et de dimi-
nuer dans votre cœur le regret d'un mauvais choix.

S. Henley

J'ai porté ma lettre à M. Henley dans son cabinet, et me suis retirée. — Un quart d'heure après, il est venu me joindre dans le salon.

«Me suis-je plaint, Madame», m'a-t-il dit en m'embrassant, «ai-je parlé de Miss Clairville, ai-je pensé à aucune Miss Clairville?»

Dans ce moment son père et son frère sont entrés; j'ai caché mon émotion. Il m'a paru que pendant leur visite M. Henley était plus prévenant, et me regardait plus souvent qu'à l'ordinaire; c'était la meilleure manière de me répondre. Nous n'avons reparlé de rien. Depuis ce jour je me lève de meilleure heure; je fais déjeuner Miss Henley avec moi. Elle prend dans ma chambre une leçon d'écriture; je lui en donne une de géographie, quelques éléments d'histoire, quelques idées de religion. — Ah! si je pouvais l'apprendre en l'enseignant, si je pouvais m'en convaincre et en remplir mon cœur! que de défauts disparaîtraient! que de vanités s'évanouiraient devant ces vérités sublimes dans leur objet, éternelles dans leur utilité!

Je ne vous parlerai pas de mes succès avec l'enfant. Il faut attendre et espérer. Je ne vous parlerai pas non plus de tout ce que je fais pour me rendre la campagne intéressante. Ce séjour est comme son maître, tout y est trop bien; il n'y a rien à changer, rien qui demande mon activité ni mes soins. Un vieux tilleul ôte à mes fenêtres une assez belle vue. J'ai souhaité qu'on le coupât; mais quand je l'ai vu de près, j'ai trouvé moi-même que ce serait grand dommage. Ce dont je me trouve le mieux, c'est de regarder, dans cette saison brillante, les feuilles paraître et se déployer, les fleurs s'épanouir, une foule d'insectes voler, marcher, courir en tout sens. Je ne me connais à rien, je n'approfondis rien; mais je contemple et j'admire cet univers si rempli, si animé. Je me perds dans ce vaste tout si étonnant, je ne dirai pas si sage, je suis trop ignorante: j'ignore les fins, je ne connais ni les moyens ni le but, je ne sais pas pourquoi tant de moucherons sont donnés à manger à cette vorace araignée; mais je regarde, et des heures se passent sans que j'aie pensé à moi, ni à mes puérils chagrins.

Cinquième Lettre

Je n'en puis plus douter, ma très chère amie, je suis grosse; je viens de l'écrire à ma tante, je l'ai priée de le dire à M. Henley, qui est à Londres depuis quelques jours. Ma joie est extrême; je vais redoubler de soins auprès de Miss Henley. Pendant plus d'un an je n'ai rien été pour elle; depuis deux mois je suis une médiocre mère, il ne faut pas devenir une belle-mère. Adieu. Vous n'en aurez pas davantage pour aujourd'hui.

Sixième Lettre

Je ne me porte pas trop bien, ma chère amie. Je ne pourrai vous dire de suite ce que je voudrais vous dire. La tâche est longue et peu agréable. Je me reposerai quand je serai fatiguée. — Il est égal que vous receviez ma lettre quelques semaines plus tôt ou plus tard. Après celle-ci je n'en veux plus écrire du même genre. Un billet vous apprendra de loin en loin que votre amie vit encore jusqu'à ce qu'elle ne vive plus.

Ma situation est triste, ou bien je suis un être sans raison et sans vertus. — Dans cette fâcheuse alternative d'accuser le sort, que je ne puis changer, ou de m'accuser et de me mépriser moi-même, de quelque côté que je me tourne, les tableaux qui se présentent à mon imagination, les détails dont ma mémoire est chargée abattent mon courage et rendent mon existence sombre et pénible. — A quoi bon faire revivre, par mes récits, des impressions douloureuses, et retracer des scènes qui ne peuvent être trop vite ni trop profondément oubliées? Pour la dernière fois vous verrez mon cœur; après cela je m'interdis la plainte: il faut qu'il change ou ne s'ouvre plus.

Quand je me crus sûre d'être grosse, je le fis dire à M. Henley par ma tante. Il ne revint de Londres que huit jours après. Dans cet intervalle je n'avais cessé de me demander s'il fallait et si je voulais nourrir ou non mon enfant. — D'un côté, j'étais effrayée par la fatigue, les soins continuels, les privations qu'il fallait s'imposer. — Le dirai-je? je l'étais aussi du tort que fait à la figure d'une femme la fonction de nourrice. D'un autre côté, je craignais comme une grande humiliation d'être regardée comme incapable et indigne de remplir ce devoir. Mais, me direz-vous, n'avez-vous donc que de l'amour-propre? N'imaginiez-vous pas un extrême plaisir à être tout pour votre enfant, à vous l'attacher, à vous attacher à lui par tous les liens possibles? Oui, sans doute, et c'était bien là mon impression la plus constante; mais quand on est seule, et qu'on pense toujours à la même chose, que ne pense-t-on pas?

Je résolus d'en parler à M. Henley; et ce ne fut pas sans peine que j'entamai la conversation. Je redoutais également qu'il approuvât mon dessein comme une chose nécessaire, qui allait sans dire, sur laquelle j'étais coupable d'hésiter, et qu'il le rejetât comme une chose absurde et par des motifs humiliants pour moi.

Je n'échappai ni à l'une ni à l'autre de ces peines. — A son avis, rien au monde ne pouvait dispenser une mère du premier et du plus sacré de ses devoirs, que le danger de nuire à son enfant par un vice de tempérament ou des défauts de caractère,[19] et il me dit que son intention était de consulter le docteur M. son ami, pour savoir si mon extrême vivacité et mes fréquentes impatiences devaient faire préférer une étrangère. De moi, de ma santé, de mon plaisir, pas un mot: il n'était question que de cet enfant qui n'existait pas encore. — Cette fois je ne contestai point, je ne m'emportai point, je ne fus qu'attristée; mais je le fus si profondément que ma santé s'en ressentit. Quoi! me disais-je, aucune de mes impressions ne sera devinée! aucun de mes sentiments ne sera partagé! aucune peine ne me sera épargnée! Tout ce que je sens est donc absurde, ou bien M. Henley est insensible et dur. Je passerai ma vie entière avec un mari à qui je n'inspire qu'une parfaite indifférence, et dont le cœur m'est fermé. Adieu la joie de ma grossesse; adieu toute joie. Je tombai dans un profond abattement. Mistriss Grace s'en aperçut la première, et en parla à M. Henley qui n'en imagina pas la cause. Il crut que mon état me donnait des appréhensions, et me proposa d'engager ma tante à me venir voir. J'embrassai cette idée avec reconnaissance. Nous écrivîmes, et

---

[19]Dans la théorie médicale de l'époque, des aspects du *tempérament*, qui a sa cause dans les humeurs du corps, pourraient très bien se communiquer par la voie de l'allaitement. Cette discussion attire l'attention sur l'immense vogue de l'allaitement maternel à la suite de l'argument de Rousseau dans l'*Emile* (1762).

ma tante vint. — Demain, si je le puis, je reprendrai la plume.

Je ne parlai de rien à ma tante, et je cherchai moins des consolations dans sa tendresse que de la distraction dans son entretien. L'attendrissement me replongeait dans le chagrin: pour en sortir, il fallait sortir de moi-même, m'étourdir, m'oublier, oublier ma situation.

Les intrigues de la cour, les nouvelles de la ville, les liaisons, les mariages, les places données, toutes les vanités, toutes les frivolités du beau monde me rendirent ma propre frivolité et une sorte de gaieté: dangereux bienfait! dont l'utilité ne fut que passagère, et qui me prépara de nouveaux chagrins.

Bientôt je ne pensai plus à mon fils ou à ma fille que comme à des prodiges de beauté, dont les brillants talents, cultivés par la plus étonnante éducation, exciteraient l'admiration de tout le pays ou même de l'Europe entière. — Ma fille, plus belle encore que Lady Bridgewater, choisissait un mari parmi tout ce qu'il y avait de plus grand dans le royaume. Mon fils, s'il prenait le parti des armes, devenait un héros et commandait des armées: s'il se donnait à la loi, c'était au moins Milord Mansfield ou le chancelier; mais un chancelier permanent dont le roi et le peuple ne pourraient plus se passer... A force d'avoir la tête remplie de ces extravagances, je ne pus m'empêcher d'en laisser voir quelque chose à M. Henley.

Je riais pourtant de ma folie; car je n'étais pas tout à fait folle. — Un jour, moitié plaisantant, moitié raisonnant ou croyant raisonner, je déployais mes chimères… Mais je me suis si fort agitée en me les retraçant, que je suis obligée de poser la plume.

Nous étions seuls, M. Henley me dit: «Nos idées sont bien différentes; je désire que mes filles soient élevées simplement; qu'elles attirent peu les regards, et songent peu à les attirer; qu'elles soient modestes, douces, raisonnables, femmes complaisantes et mères vigilantes; qu'elles sachent jouir de l'opulence, mais surtout qu'elles sachent s'en passer; que leur position soit plus propre à leur assurer des vertus qu'à leur donner du relief: et si l'on ne peut tout réunir», dit-il en me baisant la main, «je me contenterai de la moitié des grâces, des agréments et de la politesse de Mistriss Henley. — Quand à mon fils, un corps robuste, une âme saine; c'est-à-dire, exempte de vices et de faiblesses, la plus stricte probité qui suppose une extrême modération; voilà ce que je demande à Dieu pour lui. Mais, ma chère amie», dit-il, «puisque vous faites tant de cas de tout ce qui brille, je ne veux pas que vous couriez le risque d'apprendre par d'autres une chose qui s'est passée il y a quelques jours. Dans le premier moment, vous pourriez en être trop affectée, et trop montrer au public par un premier mouvement de chagrin, que le mari et la femme n'ont pas une seule âme entr'eux, ni

42

une même façon de penser et de sentir. On m'a offert une place dans le parlement, et une charge à la cour: on m'a fait entrevoir la possibilité d'un titre pour moi, d'une charge pour vous; j'ai tout refusé.»

«Rien ne me paraîtrait plus naturel, Monsieur», lui ai-je répondu en appuyant mon visage sur ma main de peur que mon émotion ne se trahît, et je parlais lentement avec une voix que je m'efforçais de rendre naturelle, «rien ne me paraîtrait plus naturel, si on avait voulu acheter, par ces offres, un suffrage contraire à vos principes: mais vous approuvez les mesures du ministère actuel?»

«Oui», m'a-t-il répondu, «je suis attaché au roi, et j'approuve aujourd'hui ce que font les ministres. Mais suis-je sûr d'approuver ce qu'ils feront demain? est-il sûr que ces ministres resteront en place? et risquerai-je de me voir ôter, par une cabale, par mes égaux, une charge qui n'aura rien de commun avec un système politique? Repoussé alors vers ce séjour qui m'a toujours été agréable, ne risquerais-je pas de le trouver gâté, changé, parce que je serais changé moi-même, et que j'y porterais un amour-propre blessé, une ambition frustrée, des passions qui, jusqu'ici, me sont étrangères?»

«Je vous admire, Monsieur», lui ai-je dit, et en effet jamais je ne l'avais tant admiré; plus il m'en coûtait, plus je l'admirais, jamais je n'avais vu si distinctement sa supériorité. «Je vous admire; cependant l'utilité publique, le devoir de travailler pour sa patrie...»

«C'est le prétexte des ambitieux», a-t-il interrompu; «mais le bien qu'on peut faire dans sa maison, parmi ses voisins, ses amis, ses parents, est beaucoup plus sûr et plus indispensable: si je ne fais pas tout celui que je devrais faire, c'est ma faute, et non celle de ma situation. J'ai vécu trop de temps à Londres et dans les grandes villes du continent. J'y ai perdu de vue les occupations et les intérêts des gens de la campagne. Je n'ai pas le talent de converser et de m'instruire avec eux, ni l'activité que je voudrais avoir. Je porterais mes défauts dans les charges publiques, et j'aurais, de plus, le tort de m'y être placé moi-même; au lieu que la Providence m'a placé ici.»

«Je n'ai plus rien à vous répondre, Monsieur», lui ai-je dit; «mais pourquoi m'avez-vous fait un secret de cette affaire?»

«J'étais à Londres», m'a-t-il répondu; «il m'aurait été difficile de vous détailler mes raisons dans une lettre. Si vous m'aviez opposé vos raisons et vos goûts, vous ne m'auriez pas ébranlé, et j'aurais eu le chagrin de vous en faire un que je pouvais vous épargner. Même aujourd'hui j'ai été fâché d'avoir à vous en parler; et si je n'avais pas appris que la chose est devenue, pour ainsi dire, publique, vous n'auriez jamais été informée de la proposition ni du refus.»

Il y avait un moment que M. Henley ne parlait plus. J'ai voulu dire quelque chose; mais j'avais été si attentive, j'étais tellement combattue entre l'estime que m'arrachait tant de modération, de raison, de droiture dans mon mari, et l'horreur de me voir si étrangère à ses sentiments, si fort exclue de ses pensées, si inutile, si isolée, que je n'ai pu parler. Fatiguée de tant d'efforts, ma tête s'est embarrassée; je me suis évanouie. Les soins qu'on a eus de moi ont prévenu les suites que cet accident pouvait avoir; cependant je n'en suis pas encore bien remise. Mon âme ni mon corps ne sont dans un état naturel. Je ne suis qu'une femme, je ne m'ôterai pas la vie, je n'en aurai pas le courage; si je deviens mère, je souhaite de n'en avoir jamais la volonté; mais le chagrin tue aussi. Dans un an, dans deux ans, vous apprendrez, je l'espère, que je suis raisonnable et heureuse, ou que je ne suis plus.